どろぼう猫《ねこ》と
キラキラのミライ

小手鞠るい・作　早川世詩男・絵

静山社

もくじ

どろぼう猫とキラキラのミライ

1　雨の日のミライ

にゃあーあ、きょうもまた雨だ。

きのうも雨だったし、おとといも、その前の日も、あしたも、雨。

いや、あしたのことは、まだわからない。

未来《みらい》のことは、だれにも、猫《ねこ》にもわからない。

けれど、ミライのことなら、ぼくにはだれよりもよく、わかっている。

追《お》いかけることと、つかまえることと、転《ころ》がすことと、引っかくことがとくいで、食べることと、眠《ねむ》ることと、遊《あそ》ぶことが大好《だいす》き。

ぼくの名前は、ミライだ。

みんなからは「ミラちゃん」って、よばれている。

まどべのテーブルの上に寝《ね》そべって、ぼくは雨を見つめている。

雨って、いったい、だれがふらせているんだろう。

空のかなたに住《す》んでいる、でっかい黒雲猫《ねこ》か。

それとも、とつぜんピカッと光って、ドッカーンと怒《いか》りを爆発《ばくはつ》させたり、ふきげんそうにゴロゴロゴロゴロゴロ、のどを鳴らしている、気まぐれな雷猫《かみなりねこ》か。

それとも、さびしがりやの泣《な》き虫猫《むしねこ》か。

雨の日は、好《す》きじゃない。

ぼくは、自分の体が雨にぬれるのが大きらいなのだ。

雨にぬれると、じまんの、つやつやの黒い毛がぺたんとなってしまって、かっこうがつかなくなる。おまけに、鼻《はな》までできかなくなって、道にまよってしまうこともある。

道にまよって、家に帰れなくなったら、たいへんだ。

かさをさして、出かければいいって？

そんなこと、できっこない。

だって、ぼくは猫《ねこ》なんだから。

猫《ねこ》がかさをさして二本足で歩くなんて、そんな、人間のまねみたいなこと、そんな、みっともないこと、できないよ。

四本の足で、どうどうと、いさましく歩く。

ライオンみたいにね。
それが猫《ねこ》ってものだよ。

そういうわけで、雨の日は、家のなかでおとなしくしている。
ごはんを食べて、ひるねをして、ひるねから起《お》きたら、あくびをして、
またひるねをする。ひるねから起《お》きたら、さて、何をしよう。
本でも読むか。
あの、じゅうたんの上に置《お》きっぱなしにされている本。
あれは、この家に住《す》んでいる、ぼくの家族《かぞく》のひとり、光《ひかる》の昆虫図鑑《こんちゅうずかん》だ。
光は、理科と体育《たいいく》がとくいで、昆虫《こんちゅう》や小鳥や、あとはなんだろう、と
かげとか、亀《かめ》とか、かえるなんかも大好《だいす》きだ。

「ミラちゃん、おいで、いっしょに見よう」
そう言って、たのんでもいないのに、ぼくをひざの上にのせて、図鑑《ずかん》を見せてくれる。
説明文《せつめいぶん》も読んでくれる。
あのね、光。ぼくはさ、じぶんでちゃんと読めるんだよ、人間の文字くらい。
ああ、でも、だめだ。
読めることは読めるけど、ぼくはページをめくることができないのだった。
にゃあーあ、雨の日は、つまらない。

庭《にわ》へ遊《あそ》びに行けないから、たいくつで、たまらない。
庭《にわ》で、花やつぼみの観察《かんさつ》ができない。
花に集《あつ》まってくる、ちょうちょうやみつばちを追《お》いかけることもできない。
庭《にわ》に生えている木に登《のぼ》って、木の上から、散歩《さんぽ》中の犬をからかうこともできない。
つまらない、たいくつ、つまらない、たいくつ。
毎日が晴れだったら、いいのにな。
いつでも、好《す》きなときに庭《にわ》に出て、遊《あそ》べるのにな。

たいくつ、つまらない、たいくつ、つまらない。

昆虫

楽しい時間はあっというまに過《す》ぎるのに、たいくつな時間はのろのろ進《すす》む。

まるで、時間が止まってしまったかのようだ。

台所《だいどころ》の壁《かべ》にかかっている時計を見る。

一時間ごとに、上のほうについている小さなまどから鳩《はと》が飛《と》びだしてきて鳴く、うるさい時計だ。

ひるね中、とびっきりおもしろい夢《ゆめ》を見ているところなのに、じゃまされることがよくある。

まったくめいわくな時計だ。

うるさい、めいわく、うるさい、めいわく。

いまは、何時だ。なんだ、まだ一時過《す》ぎか。

光は小学校へ行っている。

兄の遊《ゆう》は、そのとなりにある中学校へ行っている。

遊《ゆう》は中一、光は小四だ。

ふたりは、ぼくのたいせつなきょうだいだ。

雨の音を子守唄《こもりうた》にして、ぼくはまぶたをとじて、ふたりに出会った日のことを思い出す。


あれは、いまから五年ほど前の、やっぱり雨の日のことだった。

公園で保護《ほご》され、保護猫《ほごねこ》センターに引き取《と》られていたぼくを、家族《かぞく》にしてくれたのは、小学二年生になったばかりの遊《ゆう》と、遊《ゆう》のおとうさんだった。

ぼくはまだ、子猫《こねこ》だった。
ひとりぼっちで、心ぼそくて、朝から晩《ばん》まで泣《な》いていた。
涙《なみだ》でくもっていた、ぼくのまぶたにうつった、遊《ゆう》のつぶらな瞳《ひとみ》。
涙《なみだ》が消《き》えた。
あれが、遊《ゆう》とぼくの、出会いのしゅんかんだった。

遊《ゆう》は、やさしい子だ。
遊《ゆう》以上《いじょう》にやさしい男の子に、ぼくは会ったことがない。

おとなしくて、いつもにこにこして、だまっていることが多いけど、遊《ゆう》の顔を見ただけで、ぼくには遊《ゆう》のことばがわかるんだ。

遊《ゆう》の気持《きも》ち、ぼくに伝《つた》えたいことがわかる。

さびしいよ、悲《かな》しいよって、遊《ゆう》が言ってたら、ぼくは遊《ゆう》のそばへ行って、なぐさめてあげるんだ。

遊《ゆう》とぼくとおとうさんの三人家族《かぞく》。

三年後、光とママが加《くわ》わって、五人家族《かぞく》になった。

「こんにちは、はじめまして。ミラちゃん。なかよくしてね」

はじめて光に会ったとき、なんて明るくて、なんてまぶしい子なんだろうって思った。

光の茶色の瞳《ひとみ》はきらきら輝《かがや》いていて「未来《みらい》には、いいことがいっぱい起《お》こるよ」って、言ってるみたいだった。

光に見つめられたら、枯《か》れかけていた花は元気になって、咲《さ》かなかったつぼみも開《ひら》く。

光が空を見上げたら、雲と雲のあいだから、太陽《たいよう》が顔をのぞかせる。

雨上がりの空には、虹《にじ》が出る。

光は遊《ゆう》をさそう。

「ねえ、お兄ちゃん、楽しいこと、しようよ。そうだ、ローラースケートしに行かない？」

「うん、いいよ」

「あ、その前に、ミラちゃんといっしょに遊《あそ》ぼう」

それからぼくらは三人で、追《お》いかけっこをしたり、かくれんぼをしたりして、遊《あそ》ぶんだ。

無口《むくち》な遊《ゆう》の口から、ことばがこぼれ出す。

「楽しいね、ミライは楽しい、楽しい未来《みらい》」

あれは、光のマジックだ。

光はしょうらい、まほうつかいになれる。

きらきら光る光の瞳《ひとみ》と、やさしい遊《ゆう》の笑顔《えがお》につつまれて、ぼくは幸《しあわ》せなひるねのつづきに、もどっていく。

光はきらきら、遊《ゆう》はにこにこ、遊《ゆう》はきらきら、光はにこにこ……あれっ、反対《はんたい》かな……ふわぁぁぁ、眠《ねむ》い眠《ねむ》い。

2 猫《ねこ》の仕事《しごと》と人間の会社

「ただいまー」

あっ！　帰ってきた。

玄関《げんかん》のドアがあいて、元気いっぱいな光《ひかる》の声が聞こえるよりも一秒《びょう》前に、ぱちっと目を覚《さ》まして、ぼくは光と遊《ゆう》を出むかえに行く。

しっぽをぴーんと立てて。

これは「お帰りなさい」っていう、猫《ねこ》のことばなんだ。

大好《だいす》きな家族《かぞく》を、玄関《げんかん》で出むかえる。

これは猫《ねこ》の、じゅうような仕事《しごと》だ。

どんなにぐっすりひるねをしていても、ちゃんと起《お》きて、出むかえに行く。

遊《ゆう》はきょう、スイミングスクールへ行っている。

遊《ゆう》は体育《たいいく》が苦手《にがて》で、走るのもおそくて、鉄棒《てつぼう》も跳《と》び箱《ばこ》も、うまくできないらしい。

そんなの、別《べつ》にできなくても、どうってことないと思うけど、ママはちょっと心配《しんぱい》して、遊《ゆう》の体をもっと強くするために、去年《きょねん》から、スイミングスクールへ通わせることにしたのだった。

「わたしも通いたーい！」

って、光はくちびるをとんがらせていた。

ママは言った。

「光は、英語《えいご》教室か、絵画教室なんてどうかな」

おとうさんは言った。

「走るのも、泳《およ》ぐのも、学年でトップなんだから、光ちゃんはもうちょっと、勉強《べんきょう》に力を入れたほうがいいね」

「うーん、勉強《べんきょう》か。勉強《べんきょう》さえなかったら、学校ってすっごく楽しいのになぁ」

ぼくは心のなかで、声をかけた。

光はね、まほう教室へ行くといいよ。

きっと、すっごくすてきなまほうつかいになれるよ。

まほうつかいになって、ぼくのために、雨の日を晴れの日に変《か》えてくれるんだ。

「ミラちゃん、雨ふりだから、おうちのなかで、たいくつしてたでしょ？　遊《あそ》ぼっか」

光は、ランドセルをベッドの上に投《な》げ出すと、そう言って、ぼくをさそう。

遊《あそ》びたくてたまらない光の瞳《ひとみ》がきらきらしている。

なんの遊《あそ》び？

いっしゅん、ぼくの瞳《ひとみ》もきらめいたけど、次《つぎ》のしゅんかん「なぁんだ」って、がっかりしてしまう。

なぁんだ、また、ねずみ釣《つ》りか。

釣《つ》りの棒《ぼう》の先に、ねずみのおもちゃがくっついていて、光がそれを前後左右に動《うご》かして、ぼくはそれに釣《つ》られて走りまわるってわけ。

ほんとはね、釣《つ》られているふりをしているだけなんだ。

おもちゃのねずみなんて、つかまえたって、おもしろくもなんともないよ。

だけどぼくは光のために、光を楽しませてあげたいから、ねずみ釣《つ》りをやってあげるんだ。

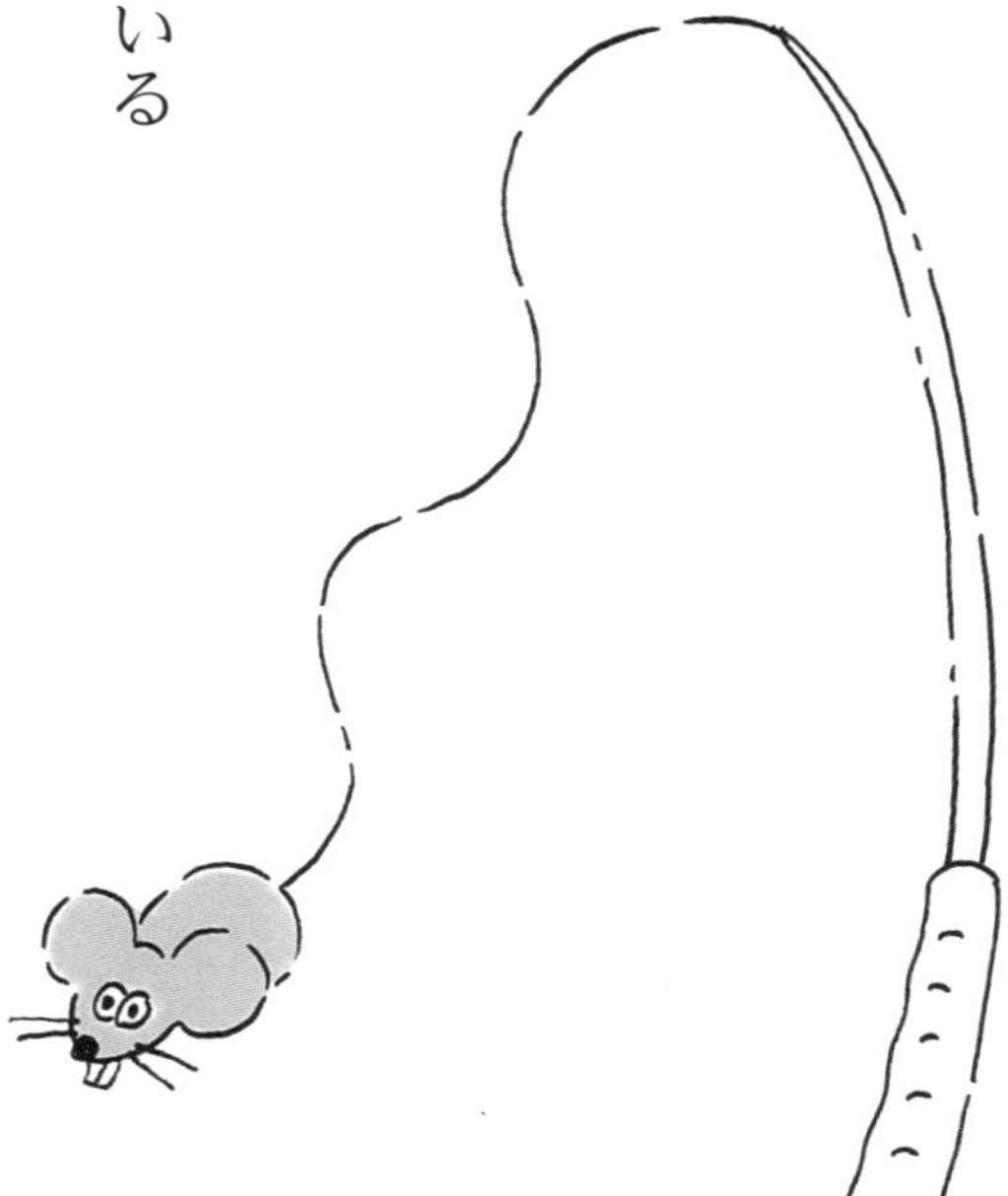

すっごく楽しそうにね。

人を楽しませてあげる。

これも、猫《ねこ》の、じゅうような仕事《しごと》なんだよ。


おとうさんとママは、それぞれの会社へ行っている。

小学校は、勉強《べんきょう》をするところで、勉強《べんきょう》は子どもの仕事《しごと》だって、わかってるけど、会社って、何をするところなんだろう。

ふたりの話を何度《なんど》、聞いても理解《りかい》できない。

たとえばママは、ゆうべ、みんなで夕ごはんを食べているとき、こんなことを話していた。

「最近《さいきん》の若《わか》い社員《しゃいん》ときたら、手紙もまともに書けないの。手紙はね、手で、紙に、書くものでしょ。なんでもかんでも、パソコンで打《う》てばすむって考えている。人の名前をまちがって書いても、ヘンカンミスをしましたって言う。人の名前は、ヘンカンするものじゃない。ちゃんと正しく覚《おぼ》えて書くものでしょ」

ヘンカンミスの意味《いみ》は、わからなかった。

パソコンは、わかったけど。

そのとき、おとうさんは、こんなことを話していた。

「そうだ、最近《さいきん》の若者《わかもの》は、サービスのなんたるかも、わかっていない！ なんでもマニュアルのとおりにやれば、それでいいと考えている。じぶんで、じぶんのことばが言えなくなっている。だから、お客《きゃく》の心がどんどん店から離《はな》れていくんだ。サービスとは、マニュアルのなかにあるんじゃなくて、心のなかにあるんだ！」

サービスはわかったけど、マニュアルの意味《いみ》は、わからなかった。

そうか、サービスって、心のなかにあるのか。

それって、どんな心なんだろう。

どうやったら、取《と》り出せるんだろう。

おとうさんは、会社で働《はたら》いているはずなんだけど、いつも店のことを話す。

店イコール会社ってことなんだろうか。

「ただいまー」

あ、ママが帰ってきた。
水曜日だけは、わりと早めに帰ってくる。
ショルダーバッグのほかに、買い物袋《ぶくろ》を手にしている。
なかみは、なんだろう。
ぼくの大好物《だいこうぶつ》の「あれとあれ」も入っているのかな。
このあいだは、まちがえて買ってきたから、こまってしまったよ。
あのね、ママ、ぼくの好《す》きなのは、かつおだよ。
まぐろじゃなくて、か・つ・お。

「ただいま、帰りましたー」
つづけて、おとうさんも帰ってきた。

ママに合わせて、水曜日には早く帰ってくる。

水曜日は全員《ぜんいん》そろって、夕ごはんを食べる日なのだ。

おとうさんも、買い物袋《ぶくろ》をぶら下げている。

やさいとくだものがあふれそうになっている。

夕ごはんのメニューはだいたい前の日に、おとうさんとママが話しあって、決《き》めているようだ。

「きょうは、そうめんだ。夏はそうめんに限《かぎ》る。そうめんには、天ぷらだな。ひんやりそうめんに、アツアツの天ぷら」

なすと、れんこんと、ピーマンと、ズッキーニを取《と》り出しながら、そんなことを言っている。

あ、遊《ゆう》も帰ってきた。

「あーん、わたし、冷《ひ》やし中華《ちゅうか》がいいなー」と、光。
「冷《ひ》やしそうめんで、がまんしなさい」と、おとうさん。
「天ぷらは、だれが揚《あ》げるの」と、ママ。
「じゃんけんで決《き》める」と、おとうさん。
「光ちゃん、つめたいプリン、買ってきたよ」と、ママ。
「わーい。あ、合計六個《こ》。ひとり何個《こ》ずつ？」と、光。
「６割《わ》る４だから……あまりも４で割《わ》って……計算機《き》計算機《き》」と、おとうさん。
鳩《はと》時計よりもうるさくて、にぎやかな家族《かぞく》の会話。
静《しず》かなのは、ぼくと遊《ゆう》。
キャプテンのうしろに、遊《ゆう》が立っている。

すらりと手足の長い、遊《ゆう》は美《うつく》しい少年だ。
人間に生まれ変《か》わったら、ぼくは遊《ゆう》みたいな男の子になりたい。
やさしい心を持《も》った、美《うつく》しい男の子。
きょうは、通学かばんのほかに、スイミングスクール用のバッグを肩《かた》からかけている。
ぼくを見て「にこっ」と笑《わら》う。
ああ、この笑顔《えがお》がたまらなく好《す》きだ。
ぼくを見つけてくれたときの笑顔《えがお》と同じ。
ぼくは遊《ゆう》のかかとに、ほっぺをすりよせながら、たずねる。
遊《ゆう》、きょうはどうだった？
ちゃんと泳《およ》げるようになった？

3 ミライのとくいわざ

みんなの夕ごはんが終《お》わるころ、ぼくはかつお味《あじ》のごはんを食べ終《お》えて、おなかがいっぱいになった。

おなかがいっぱいになったら、することは決《き》まっている。

ひるねだ。

人間は昼にしか、しないけど、猫《ねこ》の場合、朝でも夜でもひるねをする。

これ、猫《ねこ》のとくいわざ。

リビングルームの、ぼく専用《せんよう》のソファーに寝《ね》っころがって、体じゅうの毛をきれいになめて、つまり猫風呂《ねこぶろ》に入って、上がって、それからまん丸くなって、すやすや――

と、言いたいところだけど、ちょっと待《ま》った！

いつのまにか、雨が上がって、夜空には星が出ているではないか。

今夜は、月が出ていないせいか、星の数がものすごく多い。

こういうのを、たしか「マンテンの星」って言うんだったな。

このあいだ、光《ひかる》が返《かえ》してもらった漢字《かんじ》テストに、こんな漢字《かんじ》が書かれていた。

満点《まんてん》の星。

でも「満点《まんてん》」のところには、バツがついていたっけ。

あのね、光、星っていうのは「空」に出てるでしょ。
空って「天」のことでしょ。
だから「満天《まんてん》の星」が正解《せいかい》なんだよ。
それくらいのこと、猫《ねこ》にだってわかるよ。

満天《まんてん》の星。
月の出ていない夜。
こんな夜には、あそこへ行かなくちゃ。
家族《かぞく》にはないしょで、ぼくはある場所《ばしょ》へ出かけてゆく。
「どろぼう猫《ねこ》学校」ってよばれている、とくべつな猫《ねこ》だけが通える学校だ。

雨上がりの空で、星がキラキラきらめいている夜だけに、授業《じゅぎょう》がおこなわれる。
大親友のリボンちゃん——スリムなシャム猫《ねこ》の女の子——にも会える。

みんなはいま、むじゃきに、
「じゃん、けん、ぽん！」
合計六個《こ》のプリンの最後《さいご》の一個《こ》を、だれが食べるか、決《き》めている。
行ってきまーす。
声には出さないで、しっぽでみんなにあいさつをする。
そのとき、ふと、遊《ゆう》の目とぼくの目が合った。
もしかしたら、遊《ゆう》だけは、気づいているのかもしれないな。

満天《まんてん》の星の夜、ぼくがどこへ出かけているのか。

抜《ぬ》き足・差《さ》し足・忍《しの》び足で、リビングルームからテラスに出た。

リビングルームのまどには、ぼく専用《せんよう》の出入り口がある。

このドアをくぐりぬけるときには、いつだって王様《おうさま》気分だ。

専用《せんよう》のドアがあるなんて、王様《おうさま》だけでしょ？

頭でぐいっと押《お》して、テラスに出ると、その向《む》こうには前庭《まえにわ》があって、花だんもあって、いまは夏だから、ひまわりやけいとうや百日草が咲《さ》いている。

植物《しょくぶつ》の大好《だいす》きな遊《ゆう》にたいせつに育《そだ》ててもらっているから、みんな、きれいな花をいっぱい咲《さ》かせている。

ぼくの大好《だいす》きなキャットミントも、葉《は》っぱを広げている。
くんくん、においをかぐだけで、幸《しあわ》せな気分になれる葉《は》っぱだ。
ああ、でもいまは、くんくんしている時間はない。

ふだんのぼくは、庭《にわ》から外へは出ていかない。
まいごになったり、自転車《じてんしゃ》や車に、はねられたり、したくないからだ。
ぼくのテリトリーは家と庭《にわ》だけ。
いちおう、そういうことになっている。
ぼくはこの決《き》まりをちゃんと守《まも》っている。
でも、今夜はちがう。とくべつな夜だから。
ぼくは、忍者《にんじゃ》のように庭《にわ》をささっと横断《おうだん》すると、垣根《かきね》として植《う》えられている低木《ていぼく》のすきまをするりとくぐりぬけて、通りに出る。
「ささっ」と「するり」も、ぼくのとくいわざ。
でも、これくらいなら、だいたいどんな猫《ねこ》にでもできる。
ぼくには、もっとすごい、とくいわざがある。
それは「ひゅーん」だ。
通りに出たら、風に乗《の》って、ロケットみたいにひゅーんと飛《と》んでいく。

ひゅーん、ひゅーん、ひゅーん。
今夜は、風が強かったせいか、三回で、到着《とうちゃく》した。
となりの町の公園の奥《おく》に広がっている、深《ふか》い森のなか。
夜の闇《やみ》と同じ色の、校門と校舎《こうしゃ》と教室。ぼくの毛の色と同じだ。

人間の目には、まったく見えない。
猫《ねこ》の目だけに見える、どろぼう猫《ねこ》学校。

このあいだはここで「人間のことばの盗《ぬす》み方」を教えてもらった。
とってもかんたんだった。
ごはんを食べるついでに、そのへんに落《お》ちている、人のことばを食べちゃえばいい。
もぐもぐ、むしゃむしゃ、はぐはぐ、もぐもぐ、むしゃむしゃ、はぐはぐ。

ひらがなはやわらかくて、カタカナはかたい。
漢字《かんじ》は、よくかまないといけない。

かむ順番《じゅんばん》も、まちがえてはいけない。
そうしないと、のどに引っかかってしまう。
英語《えいご》は、アイスクリームみたいになめらかだ。
変《か》わった味《あじ》、変《か》わったにおいのすることばもある。
くさったことばは、食べてはいけない。
ことばは、いくら食べても、おなかいっぱいには、ならない。
だから、いくらでも食べられる。
食べれば食べるほど、みんなの話がわかるようになる。
その前に習《なら》ったのは「過去《かこ》の盗《ぬす》み方」だった。
何か、すごくいやなことがあって、早くわすれたいのにわすれることができなくて、こまっている人や、猫《ねこ》や、そのほかの動物《どうぶつ》たちのために過去《かこ》を盗《ぬす》んであげる。

交通事故《じこ》にあって、けがをして、車を見るたびに、うなっていた近所《きんじょ》の犬のゴローくんから、過去《かこ》を盗《ぬす》んであげたら、大成功《だいせいこう》した。

ゴローくんは、ぼくのおかげだって、わかっていないみたいだけど。

でも、それでいい。

さて、今夜は、どんなどろぼう術《じゅつ》をマスターできるのかな。

楽しみでたまらなくて、わくわくする。

「ミライくーん、元気だった？」

あ、リボンちゃんがぼくをよんでいる。

4　ミライの力だめし

うわーおもしろかった！

最高《さいこう》だった、きょうの授業《じゅぎょう》。

そんなことができるのか！

人の心を盗《ぬす》んで、心をコロコロ転《ころ》がして、追《お》いかけたり、つかまえたりして、遊《あそ》んだりできるなんて。

そんな楽しいことができるなんて。

これはボール遊《あそ》びよりも、ねずみ釣《つ》りよりも、読書よりも楽しそうだ。

満天《まんてん》の星がひとつ、ひとつ、消《き》えていって、金星だけが光っている夜空のもと、ぼくは風のように家へ。

来た道をひゅーんと引きかえして、垣根《かきね》をするり、前庭《まえにわ》をささっ。

それから、頭で王様《おうさま》ドアをくいっ。

空はまだ暗《くら》い。

朝ねぼうの太陽《たいよう》は、ぐっすり眠《ねむ》っている。

夜明け前、闇《やみ》の色がいちばん濃《こ》くなる時間だ。

抜《ぬ》き足・差《さ》し足・忍《しの》び足で、廊下《ろうか》を歩いていく。

家のなかは、静《しず》まり返《かえ》っている。

さあ、力だめしをしなくちゃ。

今夜、習《なら》ってきたばかりのどろぼう術《じゅつ》を、ためしてみよう。

光《ひかる》と遊《ゆう》の心を盗《ぬす》んで、いっしょに遊《あそ》んでみよう。

廊下《ろうか》のつきあたりにはおとうさんとママの部屋《へや》があって、右側《みぎがわ》に光の部屋《へや》が、左側《ひだりがわ》には遊《ゆう》の部屋《へや》がある。

どの部屋《へや》のドアも、ほんの少しだけ、あいている。

いつでもぼくが入ったり出たりできるように。

ね、ぼくって王様《さま》でしょ？


まず、光の部屋《へや》に入った。

光の部屋《へや》には、勉強机《べんきょうづくえ》と、たんすと、本棚《ほんだな》が置《お》かれている。

本棚《ほんだな》のなかには、図鑑《ずかん》がたくさん入っている。

ベッドの近くには、動物《どうぶつ》たちが並《なら》んでいる。

ライオンと、パンダと、馬と、しまりすと、野うさぎと、あとはなんだろう、こいつはビーバーか。ぬいぐるみたちも静《しず》かに眠《ねむ》っている。

どの子の耳も、ぼくにかまれて、ぼろぼろだ。

光は――

枕《まくら》に頭を沈《しず》めて、すぅすぅ寝息《ねいき》を立てている。

眠《ねむ》りは深《ふか》そうだ。

よしよし、それでよし。

ぼくは、音も立てないで床《ゆか》からベッドの上にスコーンと飛《と》び上がると、光のそばに座《すわ》って、おまじないを三回、となえる。

ヒカルひかるキラキラのミライ、キラキラのミライ、キラキラのミライ。

よし、これでよし。

光の部屋《へや》を出たあと、遊《ゆう》の部屋《へや》へ。
遊《ゆう》は枕《まくら》に顔をうずめていた。
やっぱり、眠《ねむ》りは深《ふか》そうだ。
ときどき、寝言《ねごと》をつぶやいている。
寝返《ねがえ》りを打《う》ったすきをねらって、すばやくやってみた。
ユウゆうキラキラのミライ、キラキラのミライ、キラキラのミライ。
ようし、よしよし、これでよし。
これで、ふたりの心を盗《ぬす》むことができた。
さあ、これからいっしょに遊《あそ》んでみよう。

ふたりの心の色はとうめいで、においはない。

でも、ぼんやりとした形はある。

あるような気がする。

光の心はまん丸い玉みたいで、遊《ゆう》の心はやわらかい毛布《もうふ》みたいだ。

ぼくは、とうめいな、まん丸い玉を、転《ころ》がしたり、追《お》いかけたり、つかまえたりして、遊《あそ》んだ。

玉はときどき、軽《かる》くなったり、重《おも》くなったりする。

大きくなったり、小さくなったり。

そうかと思えば、つるつるになったり、ごわごわになったり。

歌い出したり、泣《な》き出したり。

人の心って、いったいどうなって
いるんだろう。とってもふしぎだ。
遊《あそ》びつかれたら、ふわふわの毛布《もうふ》
みたいな遊《ゆう》の心の上で、
ごろん、ごろん、ごろん。
まるで、終《お》わらない物語《ものがたり》を読んで
いるように、おもしろい。
おっと、いけない。
すっかり夢中《むちゅう》になっていたから、
じゅうような注意事項《ちゅういじこう》をわすれると
ころだった。

いけない、いけない、ぼくとしたことが。

先生は言った。

「盗《ぬす》んだ心は必《かなら》ず、もとの持《も》ち主《ぬし》に返《かえ》してあげましょう。夜が明ける前に、返《かえ》すことがじゅうようです。返《かえ》すときには、おまじないをとなえます。ありがとうっていう気《き》持《も》ちをこめて、おまじないを三回」

たしか、そう言っていたはずだ。


東のほうの空が、朝焼《あさや》けのピンク色にそまり始《はじ》めている。

もうじき、太陽《たいよう》が出てくる。

ぼくはあわてて、ふたりの部屋《へや》に入って、おまじないをとなえた。

「楽しかったよ、ありがとう」っていう気《き》持《も》ちをこめて。

ユウゆうキラキラのミライ、キラキラのミライ、キラキラのミライ。
ヒカルひかるキラキラのミライ、キラキラのミライ、キラキラのミライ。
ようし、よしよし、これでよし。
光の心は光に、遊《ゆう》の心は遊《ゆう》に返《かえ》した。
まん丸い玉は遊《ゆう》に、やわらかい毛布《もうふ》は光に。
ありがとう、とっても楽しかったよ！
またいっしょに遊《あそ》ぼうね。
真夜中《まよなか》に、こっそり、たっぷり。

5 光《ひかる》の大事件《だいじけん》——これって、夢《ゆめ》？

あ、まぶしい。
カーテンのすきまから差《さ》しこんできた朝日がまぶしくて、わたしは目を覚《さ》ました。
ああ、眠《ねむ》いな。
もうちょっと眠《ねむ》っていたかった。
でも、起《お》きなきゃ。
いま、何時だろう？

わたしは、目をごしごしこすりながら、ベッドのそばの小さな本棚《ほんだな》の上を見た。
ライオンとパンダのあいだに置《お》いてある、ふくろうの置《お》き時計。
あれっ！
どうしたんだろう。
時計がない。
時計だけじゃない、ライオンとパンダもいない。
うさぎと、しまりすと、ビーバーとユニコーンもいなくなっている。
それだけじゃない。
背《せ》の高い本棚《ほんだな》がある。
ぎっしり本が詰《つ》まっている。

むずかしい本ばかりだ。
読んだこともない、読みそうにもない本ばかりだ。
しかも、タイトルがはっきり読めない。
文字がぼやけて、よく見えない。
数字は全部《ぜんぶ》、虫みたいに見える。
急《きゅう》に視力《しりょく》が落《お》ちてしまったのかなぁ。

ああっ！
視力《しりょく》よりももっと大きな「あること」に気づいて、わたしはびっくりぎょうてんした。
これって、これって、お兄ちゃんの本棚《ほんだな》だ。

ここは、お兄ちゃんの部屋《へや》だ。

どうして、わたしが、お兄ちゃんの部屋《へや》にいるの！

どうして、わたしが、お兄ちゃんのパジャマを着《き》ているの！

じゃあ、お兄ちゃんは、どこにいるの。

わたしの部屋《へや》？　まさか、まさか、まさか。

まるで、空が地面《じめん》に落《お》ちてきて、地面《じめん》が空に舞《ま》い上《あ》がったって感《かん》じ。

これって、夢《ゆめ》？

おどろきと、不安《ふあん》と、あとはなんだろう、わけのわからない気《き》持《も》ちが心のなかで、ぐるぐるぐるぐる回っている。


廊下《ろうか》のほうから、おとうさんの声がした。

「光ちゃん、起《お》きてるかー。そろそろ朝ごはん、できるよー」

とりあえず、返事《へんじ》だけはしておかないと。

「はぁい。起《お》きてる。いま、行くー」

じぶんで、じぶんの声を耳にして、ぎょっとした。

うそうそ、これって、お兄ちゃんの声じゃない？

どうして、わたしの声が、お兄ちゃんの声になっているの！

心のなかには、うずまきがぐるぐる。

しかも、おんなじ方向《ほうこう》じゃなくて、反対《はんたい》にもぐるぐる。

いったい、何が起《お》こったの。

おそるおそる廊下《ろうか》を歩いて、わたしの部屋《へや》へ行った。

ドアはあいていて、ベッドの上に腰《こし》かけている、お兄ちゃんのすがたが見えた――

と、思ったけど、そうじゃなかった。

「お兄ちゃん、あのね……」

と、言いかけたわたしの口は、あいたまま、ふさがらない。

お兄ちゃん、お兄ちゃん、どうしたの、どういうこと、これって、どういうこと！

なんと、わたしのベッドに腰《こし》かけているのは、この〈わたし〉だったのだ。

なんで〈わたし〉がいるの！

これは、わたしのゆうれいなのか！

なんだか、とんでもないことがこの家のなかで起《お》こっている。

いや、わたしとお兄ちゃんに、起《お》こってしまっている。

さっきからずっと、思っていることを、また思った。

これって、夢《ゆめ》？

ううん、夢《ゆめ》じゃない。

夢《ゆめ》じゃなかったら、なんなの！


びっくりして、ことばも声も失《うしな》っているわたしに、目の前の〈わたし〉は、小さな鏡《かがみ》を差《さ》し出している。

おそるおそる受《う》け取《と》って、鏡《かがみ》を見た。

きゃあああ、お兄ちゃんがうつってる。

わたしが、お兄ちゃんに、なっている。

だから〈わたし〉が目の前にいるんだ。

っていうことは、お兄ちゃんは、わたしに、なっているってこと？

うそうそ、まさか、ほんとに？

これって、夢《ゆめ》じゃないんだ。

「今朝、起《お》きたとき、気づいた。ぼくと光、心と心が入れ替《か》わったみたいだ」

静《しず》かに、落《お》ち着《つ》いた口調《くちょう》で、お兄ちゃんはそんなことを言う。

「そんな、まさか、そんなことって」

大事件《だいじけん》が起《お》こった！

「起《お》こってしまったものは、しかたがない。そのうち、もどれる。心配《しんぱい》しなくていい」

お兄ちゃんはどうして、そんなに冷静《れいせい》でいられるの。

年は三つしかちがわないのに、お兄ちゃん、急《きゅう》に大人になったみたい。

ちがう、そうじゃない、お兄ちゃんはとつぜん三つ下のわたしになっちゃったんだ。


それから、お兄ちゃんは、じぶんの部屋《へや》から持《も》ってきためがねを、わたしに手わたしてくれた。

「これ、かけるといいよ」

いつもお兄ちゃんがかけているめがねを、かけてみた。

ぼやけていた世界《せかい》がしゃきっとした。

まるで、寝《ね》ぼけていた世界《せかい》が目を覚《さ》ましたかのように。

「そう、それでいい。ちゃんと見えるようになっただろ」

「うん」

立ち上がって、お兄ちゃんは言った。

いつものやさしい笑顔《えがお》で。

「まず台所《だいどころ》へ行って、朝ごはんを食べよう。とにかく、いつものように、やろう。普通《ふつう》にやっておこう。あのふたりに話しても信《しん》じてもらえないだろうし、騒《さわ》ぎが大きくなってもいけないし」

「うん、それはそうだけど……」

学校は、どうなるの？

「学校については、朝ごはんのあとで考えよう」

「わかった」

わたしは素直《すなお》にうなずいた。

うなずくこと以外《いがい》に、できることはなかった。


ふたりともパジャマのまま、台所《だいどころ》へ行くと、いっしょに朝ごはんを作っていたママとおとうさんが同時にふり向《む》いて、わたしたちに声をかけた。

「おはよう！　ふたりそろって起《お》きてくるなんて、めずらしいね」と、ママ。

「子どもたちよ、おはよう！」と、おとうさん。

わたしのすがたをしたお兄ちゃんは、笑顔《えがお》でうなずいている。

わたしは、いつものように明るく、元気いっぱい「おはよう！」って言いたかった。

でも、言えなかった。言えるわけがない。

お兄ちゃんみたいに、静《しず》かに言わなくちゃ。

ママはいつもの笑顔《えがお》で「おはよう」のあとに、こう言った。

「光、なんだか元気がないわね、だいじょうぶ？」

わたしはあわてて、こう答えた。お兄ちゃんになり切って。

「光はさ、ゆうべ、すごく怖《こわ》～い夢《ゆめ》を見たんだよな」

「あははは、なぁんだ、そんなことか」

ママはからからと笑《わら》って、それ以上《いじょう》は何も聞いてこない。

ああ、ちょっとだけ、ほっとした。

お兄ちゃんがいつも座《すわ》るいすに、わたしは腰《こし》かけた。
お兄ちゃんは、わたしがいつも座《すわ》るいすに。
すると、おとうさんが言った。
「今朝は遊《ゆう》の好《す》きなフレンチトーストだ。いまから焼《や》くから、遊《ゆう》も手《て》伝《つだ》ってくれ」
立ち上がりかけたお兄ちゃんに、わたしは目で合図をする。
今朝は、わたしが焼《や》くよ。
立ち上がって、カウンターの上に置《お》かれているボウルのなかみを見た。
卵《たまご》と牛乳《ぎゅうにゅう》が入っている。ほんものの卵《たまご》と牛乳《ぎゅうにゅう》だ。
これらは、入れ替《か》わってはいない。

ぐるぐるかき混《ま》ぜて、そこに食パンを入れて、沈《しず》ませて、引き上げたあと、フライパンで焼《や》く。これがフレンチトーストだ。


わたしはだまって、壁《かべ》のラックにかかっているフライパンを外した。

そうする以外《いがい》に、いまのわたしにできることはない。

まずは、朝ごはんを食べてから、考えよう。

わたしの焼《や》いたフレンチトーストは、お兄ちゃんが焼《や》く、いつものフレンチトーストほど、おいしくなかった。

どこがどうちがうのか、わからなかったけれど、何かがちがっていた。

ママもおとうさんも、そのちがいには気づいていないようだった。

でも、お兄ちゃんは、わたしの声で、こう言ってくれた。

「今朝のフレンチトースト、最高《さいこう》においしいね！　フランスからピレネー山脈《さんみゃく》を越《こ》えて、スペインまで行ったみたいだ」

わたしは思わず、くすくす笑《わら》ってしまう。

お兄ちゃん、元気いっぱいな言い方は、わたしっぽいけど、その、なんとか山脈《さんみゃく》っていうのは、まだ習《なら》ってないよ。

6　遊《ゆう》の作文——思いやりと想像力《そうぞうりょく》

ここは、中学一年生の三組の教室だ。

まわりを見回してみると、小学生みたいな子もいれば、高校生みたいな子もいるし、わたしよりも小柄《こがら》な子もいるし、わたしよりも子どもっぽい子もいる。

でも、心配《しんぱい》はいらない。

わたしの見た目は〈お兄ちゃん〉なんだから。

わたしは不安《ふあん》なんてすっかりわすれて、さっきから、わくわくしている。

「立ち直りが早いのは、光《ひかる》の長所《ちょうしょ》だね」

って、いつもおとうさんからほめられているけど、じぶんでも、そう思う。

これから、おもしろいことがいっぱい起《お》こりそうな予感《よかん》がする。

だって、いまからわたし、中一の授業《じゅぎょう》が受《う》けられるんだよ。

まるで、お話みたいなできごとが、お話じゃなくて、じっさいに起《お》こるんだよ。

勉強《べんきょう》は、そりゃあ、ちょっとは、むずかしいかもしれない。

でも、お兄ちゃんは成績《せいせき》がすごくいいんだから、テストがあったとしても、授業《じゅぎょう》中に指名《しめい》されて、ちょっとくらいまちがっても、成績《せいせき》には影《えい》響《きょう》はない、はず。
それよりも、苦手《にがて》な体育《たいいく》を、わたしの力で、クラスでトップにしてあげる！
体育《たいいく》は、ええっと、あしたの三時間目か。

きょうの一時間目は、国語だ。
「では、いまから、このあいだの宿題《しゅくだい》だった作文を返《かえ》します。みんな、よくがんばって書いていました。どの作文も、すばらしかった。作文には添削《てんさく》をしてあります。最後《さいご》のところには、私《わたし》の感想《かんそう》やコメントも書いてあります。返《かえ》してもらった人は、添削《てんさく》とコメントを読みながら待《ま》っていてください。では、名前をよびますから、よばれたら、取《と》りに来て。

そのあとで、書き直しをしましょう」

そうか、これからわたしは、お兄ちゃんが書いた作文を読めるのか。ちょっと、じゃなくて、けっこう、どきどきする。

お兄ちゃんがどんなことを考えているのか、どんなことを思っているのか、作文を読むと、わかるのかもしれないな。


正直なところ、わたしは、お兄ちゃんのことがちょっとだけ、苦手《にがて》。ちょっとだけ、なんだけど、いっしょに暮《く》らすようになってから、実《じつ》はずっと苦手《にがて》。苦手《にがて》？　ちょっとちがう？　ちがわないかな。

なぜなら、お兄ちゃんはあんまりしゃべらないし、みずからすすんでは、しゃべってくれないから。

だから、お兄ちゃんがどんなことを考えているのか、わたしのこと、ほんとうはどう思っているのか、わからないようで、わかるようで、わからない。

たとえば、お兄ちゃんは、わたしとママとの五人家族《かぞく》、なんかじゃなくて、おとうさんとミラちゃんの三人家族《かぞく》のほうがよかったって、思っているのかもしれないな。

わたしのお兄ちゃんになんて、ほんとは、なりたくなかったのかもしれないな。

なぁんて、思ってしまうこともあって。

だから、ずっと、さびしかった。いまもちょっとさびしい。

そう、苦手《にがて》じゃなくて、さびしい。さびしいが正解《せいかい》。

これがほんとうの気持《きも》ちだ。

だれにも、もちろんお兄ちゃんにも、こんなこと、話せないけど、ほんとうはずっと、さびしかった。


「井上遊《いのうえゆう》さん」

いっしゅん、どぎまぎしてしまう。

答えなきゃ。

「あっ、はい！」

教室のなかに、笑《わら》いの輪《わ》が広がる。

え？　どうして？

あ、そうだ。

お兄ちゃんはふだん、こんな、元気いっぱいな小学生みたいな返事《へんじ》は、しないのかもしれない。

わたしは咳払《せきばら》いをひとつ、した。

ちゃんと、無口《むくち》なお兄ちゃんにならなくちゃ。

お兄ちゃんの書いた作文のタイトルは「思いやりと想像力《そうぞうりょく》」――。

これは「あなたにとって、いちばんたいせつなものはなんですか」という、先生から出された質問《しつもん》というか、課題《かだい》というか、テーマというか、それに応《こた》える形で書かれた作文だった。

先生の赤字は、ほとんどなかった。

数字が漢数字《かんすうじ》に直されていて、ほかには、漢字《かんじ》を二か所《しょ》、まちがっていただけだ。
途惑《とまど》う、と、現《あらわ》す。
コメントはほとんど、大絶賛《だいぜっさん》に近い。
タイトルのそばには、花丸がついている。
お兄ちゃん、すごい！

ぼくにとって、この世《よ》でいちばんたいせつなものは、思いやりと想像《そうぞう》力《りょく》です。いちばんたいせつ、ということで、ひとつに決《き》めなくてはならないのだったら、ぼくにとって、いちばんたいせつなのは、妹です。
もちろん父も母も猫《ねこ》のミライもたいせつな家族《かぞく》です。でも、ひとつ、ということであれば、妹の光がたいせつな人です。

光とぼくは、ぼくの父と光の母が2度《ど》目の結婚《けっこん》をしたことによって、家族《かぞく》になり、きょうだいになりました。

こういう家族《かぞく》やきょうだいは、ほかにもいると思うけれど、やはりすこし、めずらしいのではないかと思います。

最初《さいしょ》はぼくも、途惑《とまど》っていました。とつぜん、兄になったので、どういう兄になったらいいのか、わからなかったのです。いまもまだ、あんまりわかっていません。

光とぼくの性格《せいかく》は、ぜんぜんちがいます。

光はとても活発《かっぱつ》な子で、光がそこにいるだけで、太陽《たいよう》がそこにいるようです。ぼくは、光が妹になってくれたおかげで、明るい性格《せいかく》になることができました。

と、じぶんではそう思っていますが、まだそのことをうまく現《あらわ》せていないい気がするので、もしかしたら、光には、さびしいなと思わせているのかもしれません。でも、すこしずつ努力《どりょく》をして、いい兄になりたいです。

家族《かぞく》が家族《かぞく》であるためには、ぼくは、思いやりと想像力《そうぞうりょく》がたいせつだと思います。

こういうとき、相手《あいて》はどう思うだろうか、こういうことをしたら、相《あい》手《て》は何を感《かん》じるだろうか。これが想像力《そうぞうりょく》です。

こういうことをしたら、悲《かな》しむだろうな、と想像《そうぞう》ができたら、そういうことはしないようにする。これが思いやりです。

ぼくは妹が大好《だいす》きです。

妹ときょうだいになれたことに感謝《かんしゃ》しています。いつか「大好《だいす》きだよ」って言える日が来るといいなぁと思っています。


読み終《お》えると、わたしはだまって、うつむいてしまった。

こういうとき、わたしがわたしであったなら、

「わあ、うそみたい。うれしい、うれしい、うれしいなー」

って、さけぶのかもしれないけれど、いまはお兄ちゃんになり切って、だまっていなくちゃならない。

だから、うつむいていた、ってわけじゃない。

お兄ちゃんって、こんなことを考えていたんだ。

ふだん、あんまりおしゃべりじゃないから、お兄ちゃんの心って、よ

くわからなかった。

表面的《ひょうめんてき》には、なかよくできているつもりだったけど、ほんとうはもっと、お兄ちゃんのことをよく知りたくて、でも、そのためには、どうすればいいのか、わからなくて、がまんしていたっていう気もする。

お兄ちゃん、わたしのこと、こんなふうに思ってくれていたんだ。

そう思うと、うれし涙《なみだ》がこぼれそうになって、それで、わたしはじっとだまって、うつむいていたのだった。

これからはもっと、もっと、お兄ちゃんと、なかよくなれそうな気がする。

なれたらいいなって、心からそう思う。

7　光《ひかる》からミライへSOS《エスオーエス》！

きょうの最後《さいご》の授業《じゅぎょう》が終《お》わって「終《お》わりの会」の最後《さいご》に、先生は言った。

「あしたの体育《たいいく》は、プールで水泳《すいえい》をします。水着《みずぎ》をわすれないように」

わたしはひとりで勝手《かって》に「うん」と、力強くうなずいた。

うん、おまかせだ！

これで、お兄ちゃんの体育《たいいく》の成績《せいせき》をクラスでいちばんにできる！

中一の子にだって負《ま》けないくらい、速《はや》く泳《およ》げる自信《じしん》が、わたしにはあるのだ。

自信《じしん》まんまんな気持《きも》ちは、教室を出て、廊下《ろうか》を歩き始《はじ》めたとたん、プシュン、と音を立てて、しぼんでしまった。

まるで、風船から空気がぬけたみたいだった。

入れ替《か》わっているのは、心だけ。

だから、たとえわたしがお兄ちゃんになっていても、お兄ちゃんはわたしみたいに泳《およ》ぐことはできないのだ。

なぁんだ、残念《ざんねん》！

次《つぎ》のしゅんかん、わたしは思わず声に出して、さけんでしまった。

「ぎゃあああ、そんなのいやだ！　こまるよ、そんなこと、できない」

ひとりごとにしては大きすぎる声だった。

近くを歩いていた子がびっくりして立ち止まり、

「井上《いのうえ》さん、だいじょうぶ？」

って、声をかけてくれた。

「だいじょうぶ」

と、わたしは答えて、にっこり笑《わら》った。

これはお兄ちゃんの笑顔《えがお》だ。

でも、心のなかは、信号《しんごう》のこわれた交差点《こうさてん》みたいになっている。

水泳《すいえい》の授業《じゅぎょう》に出るためには、水着《みずぎ》に着替《きが》えなくてはならない。

着替《きが》えるためには、男女別々《べつべつ》のロッカールームに入らなくてはならない。

ということは、ということは、わたしは男の子たちといっしょに、はだかになって――

ぎゃあああ！


心の交通整理《せいり》ができないまま、わたしはとぼとぼと家に帰った。

お兄ちゃんは、つまり〈わたし〉は、きょうは図書室へ立ち寄《よ》って、借《か》りていた図鑑《ずかん》を返《かえ》して、別《べつ》の図鑑《ずかん》を借《か》りる予定《よてい》になっている。

お兄ちゃんはわたしのために、どんな図鑑《ずかん》を借《か》りてくるのかな。

お兄ちゃんにとって、きょうの授業《じゅぎょう》は、とってもかんたんだっただろうな。

漢字《かんじ》のテストも、きっと百点が取《と》れるだろう。

ああ、いまはそんなことを考えている場合じゃない。

一刻《いっこく》も早く、ふたりとも、ちゃんと、もとの心に、もどらなくちゃ。

でも、どうすればいいの?

今夜じゅうに、なんとかしなくちゃ。

でも、でも、でも、どうすればいいの?


「ただいまー」

だれもいない家に帰ってくると、ミラちゃんが出むかえてくれた。

しっぽをぴーんと立てている。

これは猫《ねこ》のことばで「お帰りなさい」だ。

わたしは、お兄ちゃんがいつもしているように、ミラちゃんをそっと抱《だ》き上《あ》げて、小さな額《ひたい》に、わたしの頭をぐりぐり押《お》しつけた。

ミラちゃんはお兄ちゃんにそんなふうにされると、すごくよろこんで、のどをごろごろひゅるひゅる鳴らすのだった。

「ミラちゃん、ただいまーあのね、きょう、たいへんなことが……」

説明《せつめい》しかけたとき、ミラちゃんとわたしの、瞳《ひとみ》と瞳《ひとみ》がぶつかった。

金色のミラちゃんの瞳《ひとみ》が、わたしの瞳《ひとみ》をじっと見つめている。

じっと、じっと、見つめている。

まるで、何かをさがしているかのように。

お兄ちゃんのすがたをしているけれど、その体のなかに住《す》んでいる、わたしの心をさがしているかのように。

と、そのとき、まどの外で稲妻《いなずま》が光った。

もうすぐ、夕立がやってくるのかもしれないな。

わたしの腕《うで》をするりとすりぬけて、リビングルームに向《む》かっていく、ミラちゃんの背中《せなか》としっぽに、わたしはＳＯＳ《エスオーエス》を発信《はっしん》した。

ミラちゃん、わかる？

これって、わたしだよ！

お兄ちゃんのすがたをしているけど、わたしだよ！

ミラちゃん、わたしたち、もとの体に、もどりたいよ！

ミラちゃん、助《たす》けて！

8 ミライの大失敗《だいしっぱい》

やっぱり、そうだったのか。

ついさっき〈遊《ゆう》〉の目とぼくの目が合ったとき、その瞳《ひとみ》をじっと見つめていたとき、ぼくは「もしかしたら」と思っていたのだ。

もしかしたら――

ふりかえって、ぼくは、大好《だいす》きな遊《ゆう》のすがたを見つめる。

もしかしたら、ぼくはまちがって――

遊《ゆう》は、どこからどう見ても遊《ゆう》だ。

ぼくの命《いのち》を救《すく》ってくれた、やさしい男の子だ。

でも、さっき、ぼくの耳に聞こえてきたのは、光《ひかる》の声だった。

「お兄ちゃんのすがたをしているけど、わたしだよ！」

もしかしたら、ゆうべ、光の体に返《かえ》したはずの、光の心をまちがって、遊《ゆう》に返《かえ》してしまったのか。

じゃあ、遊《ゆう》の心は、光の体に？

きっと、そういうことだ。

ぼくとしたことが、これは大失敗《だいしっぱい》だ。
こんなことじゃあ、どろぼう猫失格《ねこしっかく》だ。
なんとかしなくちゃいけない。
でも、どうすればいい？
落《お》ち着《つ》いて、落《お》ち着《つ》いて。
ぼくは、ゆうべ、学校で習《なら》ったことをけんめいに思い出そうとした。

――盗《ぬす》んだ心は必《かなら》ず、もとの持《も》ち主《ぬし》に返《かえ》してあげましょう。夜が明ける前に、返《かえ》すことがじゅうようです。返《かえ》すときには、おまじないをとなえます。ありがとうっていう気持《きも》ちをこめて、おまじないを三回。

そうだ、あのとき、おまじないを三回、となえるのをわすれていたにちがいない。
いや、そうじゃない。おまじないはちゃんと、となえた。
ヒカルひかるキラキラのミライ、キラキラのミライ、キラキラのミライ。
ユウゆうキラキラのミライ、キラキラのミライ、キラキラのミライ。
これで、光の心は光に、遊《ゆう》の心は遊《ゆう》に返《かえ》せたはずだ。
待《ま》てよ、待《ま》てよ、待《ま》てよ。
うぎゃあああ、ぼくとしたことが、しっかりとまちがえちゃった。
ぼくはあのとき、光の心を遊《ゆう》の体に、遊《ゆう》の心を光の体に返《かえ》してしまったのだ。
しかも、光のそばで、遊《ゆう》のためのおまじないを、遊《ゆう》のそばで、光のおまじないを、となえてしまった。だから、ふたりの心が入れ替《か》わってしまったのだ。

ちゃんと、正しく、もどさなきゃ。

ええっと、ちゃんと正しく、もどすためには――

――もしも、まちがってしまった場合には、次《つぎ》の朝が来る前に正しくもどさないと、永遠《えいえん》に、もどすことができなくなりますから、要注意《ようちゅうい》です。まちがいを正すときのおまじないは、盗《ぬす》むときとも返《かえ》すときとも、ちがいます。ちゃんと正しく返《かえ》すときのおまじないは……

ええっと、ええっと、なんだったっけ。

思い出せない。思い出せないぞ。
ごめん、光。ごめん、遊《ゆう》。
ぼく、とんでもないミスを起《お》こしてしまったよ。
すぐに、もどしてあげるから、待《ま》っててね。
いや、すぐには無理《むり》だ。
まだ遊《ゆう》が、いや、光が、帰ってきていない。
あれ？　どっちがどっちだっけ？
とにかく、ふたりそろってからじゃないと、もどせない。
それに、まちがいを正すおまじないを思い出さないと、もどせない。
それに、真夜中《まよなか》じゃないと、できない。
待《ま》っててね、今夜じゅうには必《かなら》ず、なんとかするから。

9 遊《ゆう》と光《ひかる》のキラキラの未来《みらい》

「お兄ちゃん、おやすみ」

わたしは廊下《ろうか》のドアの前で、お兄ちゃんに声をかけた。

いまはまだ、わたしのすがたをしている〈お兄ちゃん〉だ。

ママが近くにいたから〈お兄ちゃん〉は、わたしの部屋《へや》に入っていった。〈わたし〉は、お兄ちゃんの部屋《へや》へ。

「おやすみ、光。ぼくね、きょうはすごく楽しかった。小学四年生って、楽しいね。女の子って、楽しいね。よく笑《わら》って、よくしゃべって、楽しいね」

無口《むくち》だったお兄ちゃんは、ちょっとだけ、おしゃべりなお兄ちゃんに変《か》わっている。

そんなお兄ちゃんに、わたしは小さな声でこう言った。

「あしたの朝、起《お》きたら、もとどおりになっているといいな。だって、プールがあるし」

お兄ちゃんは、にっこり笑《わら》ってこう言った。

「だいじょうぶだよ、あしたの朝、起《お》きたらちゃんと、もとのふたりに、もどってるから！」

「どうして、わかるの」

「どうしてだか、よくわからないけど、わかるんだ！」

それって、まるで、わたしが言いそうなことだ。

「もどってなかったら、プールはサボるよ」

「そうだよ、風邪《かぜ》を引いたことにすればいい！」

ああ、いまのお兄ちゃん、大好《だいす》き。

わたしもいつか「お兄ちゃん、大好《だいす》きだよ」って、言えるようになりたい。はずかしくて、いまはまだ言えないけれど。

大好《だいす》きだよ、小四の女の子のお兄ちゃんも、中一の男の子のお兄ちゃんも。

わたし、これから、お兄ちゃんと、もっともっと、なかよくなれる。

もっと、いろんなことを話して、いろんなことを聞けそう。

もう、苦手《にがて》とか、さびしいとか、思わなくなりそう。

10 どろぼう猫《ねこ》のおまじない

真夜中《まよなか》、ぼくはまず光《ひかる》の部屋《へや》に入った。
月のない夜だ。
新月っていうのかな。
すやすやと〈遊《ゆう》〉が寝《ね》ている。
玉のような心を返《かえ》して、正しいおまじないを三回。
このあとは、遊《ゆう》の部屋《へや》へ。
ぐうぐうと〈光〉が寝《ね》ているはずだ。

毛布《もうふ》のような心を返して、正しいおまじないを三回。

今度《こんど》こそ、絶対《ぜったい》に名前をまちがえないように。

それだけじゃない。

まちがって、もどしてしまった場合、それを正しい持《も》ち主《ぬし》に、もどすときには、盗《ぬす》むときとはちがうおまじないが必要《ひつよう》なんだ。

盗《ぬす》んだ心を正しく、もとの体に、もどすときのおまじないは——

ヒカルひかるキラキラのミライ、キラキラのミライ、キラキラのミライ。

ユウゆうキラキラのミライ、キラキラのミライ、キラキラのミライ。

これだけじゃ、だめなんだ。

まちがいを正すときのおまじないは——

ついさっきまで、おじゃましていたどろぼう猫《ねこ》学校の図書室で、リボンちゃんに会って教えてもらった。

正しいおまじないを、ぼくはとなえる。

ヒカルひかるイラミのラキラキ、イラミのラキラキ、イラミのラキラキ。

ユウゆうイラミのラキラキ、イラミのラキラキ、イラミのラキラキ。

うん、これでだいじょうぶ。

光の心は光の体に、遊《ゆう》の心は遊《ゆう》の体に、ぶじ着陸《ちゃくりく》して、ふたりの未来《みらい》はきらきら輝《かがや》いている。

今夜の、あの、満天《まんてん》の星みたいにね。

今夜のどろぼう猫《ねこ》は、百点満点《まんてん》だよ。

小手鞠るい

こでまり・るい

とにかく、お話を読んだり書いたりすることが好きでたまらない小説家。小学生だったころから、国語と作文が得意。中学校の先生から作文をほめられて「作家になりたい」とあこがれるようになった。どろぼう猫ミラちゃんに入れ替えてもらいたいのは、わたしと夫の体と心。数学が得意で、料理がすごくじょうずで、英語がぺらぺらの夫になってみたい！ ほんとうに、わたしのことが好きなのかどうかもわかる???

早川世詩男

はやかわ・よしお

イラストレーター。小学生時代に好きだった科目は図工。苦手だった科目は体育の水泳で、5年生まで泳げなかった。本の表紙の絵を描きたくて、イラストレーターになりたいと思うようになった。ミライくんに1日だけ誰かと入れ替えてもらうとしたら（1日だと無理かもしれませんが）宇宙飛行士になって宇宙に行って地球を見てみたい（ただ、私に入れ替わる宇宙飛行士さんには、私で申し訳ないのですが……）。

どろぼう猫《ねこ》とキラキラのミライ

2025年3月14日　初版発行

作家／小手鞠るい
画家／早川世詩男

発行者／松岡佑子
発行所／株式会社静山社
〒102-0073　東京都千代田区九段北1-15-15
電話03-5210-7221　https://www.sayzansha.com

印刷・製本／中央精版印刷株式会社

装丁／城所潤＋舘林三恵（ジュン・キドコロ・デザイン）
編集／荻原華林

Printed in Japan　ISBN978-4-86389-938-4